Gütersloher Verlagshaus. Dem Leben vertrauen

Fritz Baltruweit | Nora Steen

Engelsgeflüster

Gütersloher Verlagshaus

Wenn ein Engel …

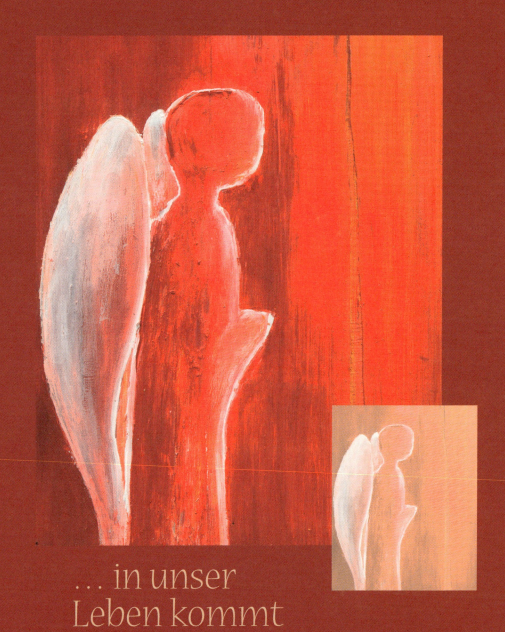

… in unser
Leben kommt

Vorwort

Haben Sie schon einmal bemerkt, dass ein Engel sie begleitet hat?
Ganz wirklich.
Im richtigen Leben.
In Situationen, in denen Sie das eigentlich gar nicht erwartet hätten.
Und wenn?
Haben Sie sich dann auf den Engel eingelassen,
haben versucht mitzufliegen?

Die Bibel ist voll von diesen Wesen,
die im Raum zwischen Himmel und Erde anzusiedeln sind.
Diese Mittler zwischen Gott und uns Menschen.
Sie schützen uns und tragen uns auf ihren Schwingen,
wenn wir abzustürzen drohen.

Engel kämpfen gegen das Böse.
Manchmal sagen sie unangenehme Dinge voraus.
In der Bibel sind es meist die Engel,
die den Menschen Nachrichten von Gott bringen.
Wieso sollte das heute anders sein?

Wie kann das aussehen – ganz konkret –,
wenn ein Engel in unser Leben kommt?

Niemals greifbar ...

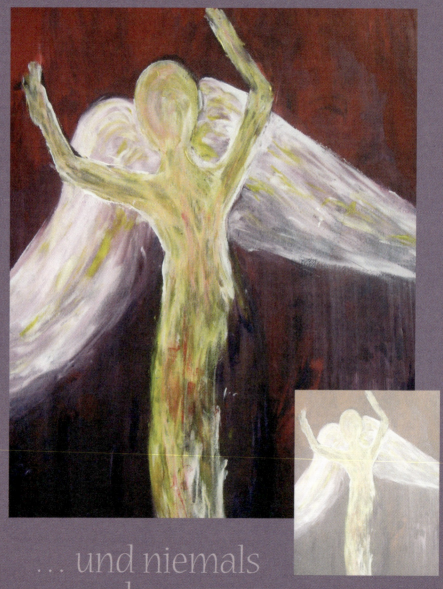

... und niemals ganz da

Für dich

Ach Mädchen, wer glaubt an Engel schon?
Die gibt's doch nur im Himmel.
Ich hab lang schon meine Träume verloren,
glaub nur das, was ist.
Meine Flügel hab ich abgelegt
und ganz hinten verstaut im Schrank.
Da liegen sie nun – und ich weiß nicht mehr,
wie fliegen überhaupt noch geht.
Aber früher, ach, weißt du,
da ging's ganz hoch hinaus.
Ich wollt die Welt erobern
und flog und flog,
ließ mich weit im Winde wehn ...

Flieg, Engel, flieg ...

Und die mich sah'n von unten,
riefen herauf: He Engel, komm mal her.
Und manchmal, ob du's glaubst oder nicht,
da besuchte ich sie und blieb zum Tee,
rettete Menschen aus Gefahren,
und ich half, wo immer es ging.
Doch manchmal konnt' ich nur noch den Kummer teilen –
und der Schmerz tat weh.
Ja, und manchmal verliebte ich mich
in ein wunderschönes Mädchen –
blieb eine Zeit lang da, dann musst ich wieder fort
und flog los tief in die Nacht.

Flieg, Engel, flieg ...

War niemals greifbar und niemals ganz da.
Ein Engel halt – nicht ganz von dieser Welt.
Und dann eines Tag's legt' ich die Flügel ab,
und wollte so sein ganz wie ihr.
Ach mein Mädchen, wer glaubt an Engel schon.
Ja, die gibt's doch nur im Himmel.
Hab schon lang meine Träume verloren
und glaub nur an das, was ist.
Aber manchmal – da blitzt der Himmel auf.
Und Gott ruft, nun flieg, trau dir's doch zu.
Und ich flieg und merk: Die Flügel tragen.
Ich flieg los – und komm zu dir.

Flieg, Engel, flieg …

Engelsgeflüster I

Ich komme an einem Dienstag. So um die Mittagszeit.

Sie kocht gerade, es duftet herzhaft aus der Küche.
Sie steht da, ein wenig gebeugt, hat eine Kittelschürze umgebunden. Ein einsamer Rücken. Sie holt die Teller und das Besteck aus dem Schrank. Sie deckt den Tisch und ruft ihn: »Nun komm, es ist Zeit«. Nach ein paar Minuten kommt er herein. Schütteres Haar, hellbraune Strickjacke. Sie setzen sich. Es gibt Kartoffeln und Bohnen. Nichts Besonderes, heute ist kein Festtag. Kein Dienstag, an dem man mit einem Engel rechnet.

Ich setze mich zu ihnen. Sie sehen nicht hoch. Sie sehen mich nicht. Sie sagen »Guten Appetit« und legen sich die Servietten auf den Schoß. »Hast du den Müll rausgestellt«, fragt er. »Nachher«, sagt sie. Sonst nichts.

Nach dem Essen wird er wieder in seine Werkstatt gehen. Auf sie wartet der Abwasch, dann die Wäsche und später der Garten. Und der Rücken schmerzt. Lange hat ihn niemand mehr berührt. Sie hat schon ganz vergessen, wie es ist, wenn jemand zärtlich zu ihr ist.

Als sie fertig sind, räumen sie seinen Teller in die Spüle. Da spürt sie ihn an ihrem Rücken. Zart haucht er ihr einen Kuss in den Nacken. Sie errötet zart. Und ein leichtes Lächeln um die Mundwinkel weicht ihr nicht mehr vom Gesicht.

Ganz leise schleiche ich mich wieder weg.

Hände wie deine

Hände wie deine,
wie du sein Gesicht.
Und er blickt dich an –,
dann erkennst du ihn nicht.
Viel später fällt dir ein:
Das kann ein Engel
gewesen sein.

Hirten erschrecken
inmitten der Nacht
und haben zum Stall
auf den Weg sich gemacht –,
von Gott geschickt allein.
Das muss ein Engel
gewesen sein.

Hände wie deine,
wie du sein Gesicht.
Und er kommt von Gott –,
und du weißt es noch nicht
und wirst nie sicher sein:
Das kann ein Engel
gewesen sein.

Das kann ein Engel ...

... gewesen sein

Engelsgeflüster II

Ich gehe die Straße hinunter.

Ein Jugendlicher kickt einen Ball gegen die Hauswand. Er spielt mit sich selbst. Der Ball fliegt immer höher, als wollte er den Himmel erreichen. Er leuchtet hell in der tiefen Sonne.
Der Junge versinkt richtig in seiner Welt.
Da – er strauchelt. Unebene Steine. Und schon liegt er auf dem Boden.
Das Knie aufgeschrammt. Und auch am Ellenbogen hat er eine Wunde.
Und ich steh daneben – wieso hab ich ihn nicht gehalten?

Ein Mädchen kommt näher.
»Da bist du ja«, sagt sie. »Hab ich dich endlich gefunden.«
Sie schaut ihn an. »Was ist denn?«
Der Junge wendet sich ab.
»Mensch, ist es schlimm?« Sie schaut sich die Wunden an.
»Komm, wird schon. – Fahren wir in die Wiesen?«

Er steht auf und nimmt sein Rad, das an der Hauswand lehnt.
»Komm mit auf mein Fahrrad.«
Und dann geht's los. Er auf dem Sattel, sie auf der Fahrradstange vor ihm.
Sie lehnt sich an.

Und weit draußen streicht ihre Hand zaghaft über seine.
Der Schmerz ist weg.

Ich gehe weiter.

Vorübergegangen

Einen Engel erkennt man immer erst,
wenn er vorübergegangen ist.

Martin Buber

Gottes Engel weichen nie

Gottes Engel weichen nie.
Sie sind bei mir allerenden.
Gottes Engel weichen nie.
Sie sind bei mir jeden Tag.
Wenn ich schlafe, wachen sie.
Wenn ich gehe, wenn ich stehe,
tragen sie mich auf den Händen,
weichen nie.

Aus der Kantate BWV 149 von Johann Sebastian Bach

Gottes Engel …

… weichen nie

Engelsgeflüster III

Ich gehe in die Stadt. Es ist ein ziemlich bewölkter Tag. Fast alle schauen vor sich auf den Boden oder in die Schaufenster der Geschäfte – im Glas spiegeln sie sich selbst. Niemand sieht meine Flügel, denn die sieht man nur, wenn man auch mit dem Herzen sieht.

Doch da hinten vor dem Buchladen ist ewas los: Einer tanzt. Mitten auf der Straße. Ziemlich verrückt sieht der aus. Er malt ein Bild in die Luft, mit Armen und Händen. So um die siebzig muss er sein. Trägt einen abgetragenen Hut und ausgetretene Schuhe, die Sohle hat sich schon gelöst. Aber er lacht und streckt sein faltiges Gesicht dem Himmel entgegen. Leute stehen um ihn herum, mit ihren Einkaufstüten und kleinen Kindern an der Hand. Und er tanzt. Mitten in der Fußgängerzone. Die Musik hört nur er. Aber man kann fast mitwippen, so schwungvoll bewegt er sich.

Ich bleibe stehen und sehe ihm zu, mische mich unter die anderen. Ein paar Jugendliche feixen und machen Sprüche über diesen verrückten Alten. Neben mir raunt eine Frau ihrem Mann zu: »Traurig, wenn man sich so gehen lässt im Alter.«

Menschen sind seltsam. Was soll daran traurig sein, wenn jemandem einfach mal nach Tanzen zumute ist? Dieser Mann entdeckt doch gerade den Himmel! Er tanzt den ganzen Schmerz und die ganze Freude der Welt aus sich heraus. Es muss doch schön sein, so alt und frei zu sein. In die Luft zu malen und auf dem Asphalt zu tanzen.

Ich schaue in den Himmel – so jemanden wie diesen Träumer bräuchten wir noch da oben. Und da: Der Himmel öffnet sich.
Durch einen Spalt in den Wolken strahlt die Sonne direkt auf ihn!

Der alte Mann steigt hinauf, Stufe für Stufe den Sonnenstrahlen entgegen und verschwindet im Wolkenbett.

Ich lache. Und die Frau neben mir schaut ganz empört. Noch so ein Verrückter, denkt sie wahrscheinlich. Doch ich lache. Wie schön es hier ist – hier bei den Menschen.

Manchmal …

… flüstert Gottes Engel
dir was ins Ohr

Manchmal

Manchmal, wenn es dunkel ist,
schickt Gott seinen Engel –
und der stupst dich an die Nase
und kitzelt dich am rechten Ohr.
Manchmal, wenn es dunkel ist,
kommt das vor.

Manchmal, wenn du grummelig bist,
schickt Gott seinen Engel –
und der lockt mit seinem Lachen
einen Witz aus deinem Mund hervor.
Manchmal, wenn du grummelig bist,
kommt das vor.

Manchmal, wenn du traurig bist,
und niemand ist da, der dich versteht,
wartet Gott mit seinem Engel –
und der tröstet dich ganz sacht.
Manchmal, wenn du traurig bist,
kommt das vor.

Manchmal

Manchmal, wenn es draußen schneit,
und du hängst vorm Computer rum,
ja, auch dann schickt Gott 'nen Engel –
und der zieht dir dann den Stecker raus.
Manchmal, wenn es draußen schneit,
kommt das vor.

Manchmal, wenn die Sonne scheint,
und du liegst im Gras und träumst,
dann weht dir ein Windhauch übers Gesicht,
der macht dein Leben froh.
Manchmal, wenn die Sonne scheint,
kommt das vor.

Manchmal, wenn die Sonne scheint,
flüstert Gottes Engel dir was ins Ohr.

Engelsgeflüster IV

Sie liegt da. Die Augen brennen vom gleißenden Licht im OP.
Der Schmerz zerreißt ihr die Sinne.
Wo ist ihr Engel, der sie wach küsst und ihr sagt,
dass der Albtraum vorbei ist?

Es ist kein Engel in Sicht.
Niemand, der ihr sagt: Alles wird wieder gut.

Ich sehe sie da liegen, in diesem Krankenhaushemd.
Ganz schwach sieht sie aus.
Und vor Schmerzen verzieht sie ihr Gesicht.

Meine Flügel habe ich abgelegt. Ich will ihr nah sein.
Sie sieht so verletzlich aus zwischen den weißen Laken.

Ich hauche ihr ein »Ich liebe dich« in die Seele.
Aber sie hört mich nicht. Bemerkt nicht, dass ich bei ihr bin.
Eine Träne bahnt sich den Weg aus dem Augenwinkel
und rollt über meine Wange.
Ein Engel weint.

Ich will ihr meine Flügel schenken und so lange bei ihr bleiben,
bis sie wieder fliegen kann.

Nachts, wenn sie schläft, hauche ich ihr Geschichten vom Himmel ins Ohr.
Wie Gott über uns wacht, auch wenn wir das gar nicht immer merken.

Nach Wochen beginnen ihr Flügel zu wachsen.
Sie sind noch zart wie eine junge Pflanze und sehr schön.
Sie glänzen in der Sonne, denn Tränen sind in sie eingewoben als silberne Trauerfäden.

Ganz sacht fängt sie an zu schweben.
Sie verlässt das Krankenhauszimmer
und fliegt über die Wipfel der Baumkronen.

Die Expertenkommission, die für sie zuständig ist, schaut zu ihr auf, wie sie da schwebt, bei den Baumkronen. Mit offenen Mündern und zweifelnden Augen. Wie kann es sein, dass da jemand die Regeln der Welt durchbricht?

»Sie müssen einen guten Draht nach oben haben, junge Frau«,
sagt die Expertenkommission zu ihr.

Sie öffnet den Mund und ringt nach Worten.
Doch das Wunderbare ist in den Formeln der Expertensprache nicht sagbar.
So schweigt sie,
schlägt zart mit den Flügeln
und beginnt wieder zu schweben.

Wie kann es sein, …

… dass jemand die Regeln
der Welt durchbricht?

Lichtblicke

In Zeiten,
die kalt und dunkel sind,
bringst du Frühling
in mein Leben –
und mein Leben
wird licht.

In Zeiten,
die ohne Lichtblick sind,
leuchtest du
in meine Schatten –
und mein Leben
hat Sicht.

In Zeiten,
die festgefahren sind,
teilst du mit mir
deine Flügel –
und mein Leben
wird leicht.

Einen Engel senden

Fürbitten heißt:
jemandem einen Engel senden.

Martin Luther

Engelsgeflüster V

Es gibt ja Menschen, die mit Gott nichts am Hut haben.
Sagen sie wenigstens.
Aber so ein Schutzengel kann ja nicht schaden, sagen sie.
Also stehen wir Engel in Wohnzimmervitrinen
oder baumeln am Weihnachtsbaum oder vorn im Auto.
Es gibt uns in allen Formen und Farben,
aus jedem Material und in jeder Größe.

Rund um die Uhr sind wir damit beschäftigt,
die Menschen zu beschützen.
Meist bemerken sie uns erst,
wenn Gefahr und Leid schon vorüber sind.
»Da habe ich wohl einen Schutzengel gehabt«,
sagen sie dann.

Ich erinnere mich an einen Mann.
Es war ein schöner Spätsommertag im Biergarten.
Es war laut und lustig.
Das Feierabendbier mit den Kollegen hat gut geschmeckt.
Da kam die SMS von seiner Frau.
»Wenn du nach Hause kommst, werde ich nicht mehr da sein.
Ich liebe einen anderen Mann.«

Er stürzte in einen dunklen Abgrund.
Es war so laut und lustig im Biergarten –
und die anderen merkten nicht, dass er auf einmal fehlte.
Er ging hinunter zum Fluss und setzte sich da hin.
Er konnte nichts mehr denken,
war voller Verzweiflung und Trauer.
Niemand hat gemerkt, dass er weggegangen war.

Nur ich bin mit ihm gegangen.
Ganz leicht habe ich ihm meine Hand auf die Schulter gelegt.
Von hinten, er hat mich gar nicht gesehen.
Und dann fing er an zu weinen.
Er konnte gar nicht mehr aufhören.
Alles hat er aus sich herausgeweint.

Und irgendwann ist er zurückgegangen zu seinen Kollegen.
Sie wurden still, wie sie ihn sahen.
Er wollte nichts mehr hinunterschlucken und verschweigen.

Er erzählte und erzählte.
Dinge, die er noch nie jemandem erzählt hatte.
Von seiner Frau, seinem Leben und allen Schwierigkeiten.
Seine Kollegen hörten zu,
nur manchmal bestellte einer zwischendurch ein Bier.
Sie waren so vertieft, dass niemand gemerkt hat,
wie ich weitergegangen bin.

Sie wurden still …

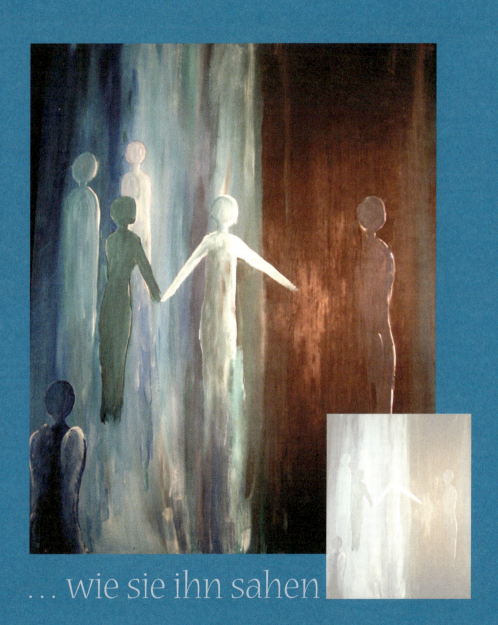

… wie sie ihn sahen

Jeder Mensch braucht einen Engel

Jeder Mensch braucht einen Engel,
der mit ihm geht.
Jeder Mensch braucht einen Engel,
der zu ihm steht.

Und er leiht dir seine Flügel,
wenn dich Leid am Boden hält.
Du kannst fliegen – du kannst träumen.
Mensch, entdeck' mit ihm die Welt.

Jedes Kind braucht einen Engel,
der mit ihm geht.
Jedes Kind braucht einen Engel,
der zu ihm steht.

Und er mag dich, und du lächelst –
und es wird ganz leicht in dir.
Du kannst fliegen – du kannst träumen
und lebst auf im Jetzt und Hier.

Ihn schickt Gott – und er bleibt bei dir,
will dich in die Weite führ'n.
Du kannst fliegen – du kannst träumen,
kannst den Himmel leicht berühr'n.

Jeder Mensch braucht einen Engel,
der mit ihm geht.
Jeder Mensch braucht einen Engel,
der zu ihm steht.

Engelsgeflüster VI

Es wird Zeit.
Ich kehr zurück.

Aber: Ich werde dich nie verlassen.
Ich leih dir immer wieder meine Flügel,
wenn du sie brauchst.

Ob du gespürt hast,
wie ich dich umarmt habe
und dir einen Kuss gab
auf die Wange,
auf die Stirn,
auf deine Lippen?
Oder war es ein Windhauch
für dich,
der durchs offene Fenster kam?

Ob du mich willst in deinem Leben
oder nicht –
das liegt an dir.
Du bist frei.

Entdeck die Welt
immer wieder neu –
und die Weite des Himmels.
Wenn du willst,
begleite ich dich.

Immer wieder wirst du meine Zeichen finden
und erkennen, wo auch immer du sein wirst.

Und nähmst du die Flügel der Morgenröte
und flögest ans äußerste Meer.
Ich bin da.
Für dich.

Du öffnest eine Tür ...

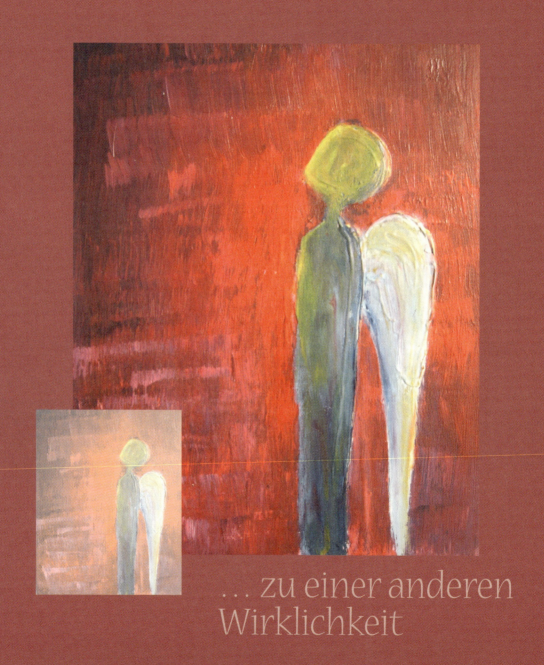

... zu einer anderen Wirklichkeit

Du bist ein Engel

Du bringst mir eine gute Nachricht.
Du machst mein Leben froh.
Wenn du da bist,
wird mein Leben leicht.
Du öffnest eine Tür
zu einer anderen Wirklichkeit,
die übersteigt Raum und Zeit.
In deiner Nähe
habe ich den Himmel erblickt.
Du bist ein Engel,
ein Engel,
von Gott geschickt.

Du bringst mir Licht in meine Zeiten.
Du schenkst mir neue Kraft.
Wenn du da bist,
wird mein Leben leicht.
Du öffnest meine Tür
zu einer anderen Wirklichkeit,
die übersteigt Raum und Zeit.
In deiner Nähe
habe ich den Himmel erblickt.
Du bist ein Engel,
ein Engel,
von Gott geschickt.

Du gibst mir Schutz vor den Gefahren.
Du lässt mich nicht allein.
Wenn du da bist,
wird mein Leben leicht.
Du öffnest eine Tür
zu einer anderen Wirklichkeit,
die übersteigt Raum und Zeit.
In deiner Nähe
habe ich den Himmel erblickt.
Du bist ein Engel,
ein Engel,
von Gott geschickt.

Du nimmst mich an die Hand am Ende
und führst mich in das Licht.
Wenn du da bist,
wird mein Leben leicht.
Du öffnest deine Tür
zu einer anderen Wirklichkeit,
die übersteigt Raum und Zeit.
In deiner Nähe
habe ich den Himmel erblickt.
Du bist ein Engel,
ein Engel,
von Gott geschickt.

Die Tür zur Welt Gottes

Engel schließen uns
die Tür zu der Welt Gottes auf –
und keiner kann sie schließen.
Ihr Lichtstrahl aus der offenen Tür
fällt direkt in unser Herz.

Engel begegnen uns
zwischen Himmel und Erde –
begegnen uns,
wo es brenzlig wird
in unserm Leben,
wo es um Leben
und Tod geht.

Engel begegnen uns
in Freiräumen.
Sie sind nie ganz eindeutig.
Immer sind sie »durchsichtig« –
jedenfalls so durchsichtig,
dass wir durch sie hindurch Gott sehen
und erfahren.

Immer ziehen Engel uns auf die Seite des Lebens,
manchmal jäh und gewaltig –
manchmal zeigen sie uns behutsam den Weg,
begleiten,
schützen,
leiten uns zu dem,
was vor uns liegt.

Wohin du auch gehst

Denn er hat seinen Engeln befohlen, dass sie dich behüten auf allen deinen Wegen, dass sie dich auf den Händen tragen und du deinen Fuß nicht an einen Stein stoßest.

Psalm 91,11-12

Gott schenke dir ...

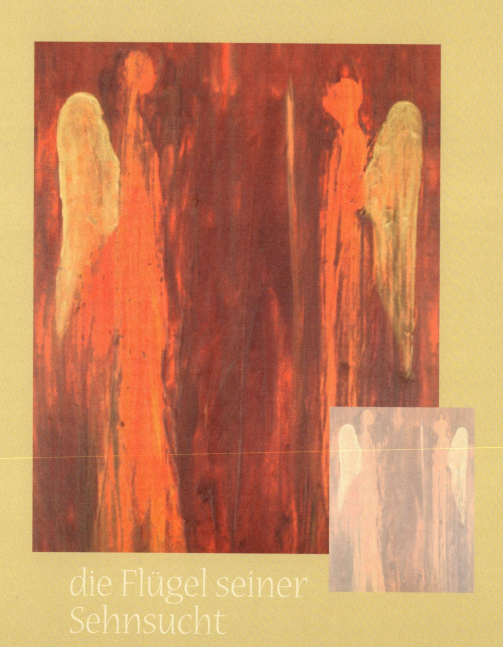

die Flügel seiner
Sehnsucht

Segen

Gott sende dir seine Engel.

Engel, die dich tragen,
Engel, die dich leiten,
Engel, die dich schützen.

Hier,
jetzt,
immer.

Sichtbar,
unsichtbar,
spürbar.

Gestern,
morgen,
in Ewigkeit.

Gott segne dich.

Gott schenke dir die Flügel seiner Sehnsucht
und erfülle dein Leben mit Liebe.

Die CD

01) **Dream About An Angel** (Instrumental)
Musik: Valentin Brand

02) **Für dich** (S. 7)
Text: Nora Steen, Musik: Fritz Baltruweit

03) **Bittersuit II** (Harfenmusik)
Musik: Kim Robertson

04) **Hände wie deine** (S. 12)
Text: Rolf Krenzer, Musik: Fritz Baltruweit

05) **Nameless** (Harfenmusik)
Musik: Konstanze Kuß

06) **Welcher Engel ...**
Text: Wilhelm Willms, Musik: Fritz Baltruweit

07) **Lichtblicke** (S. 26)
Text: Fritz Baltruweit (nach einem Text von Uwe Seidel), Musik: Fritz Baltruweit

08) **Sarabande** (Harfenmusik)
Musik: Bernard Andrés

09) **Manchmal ...** (S. 21)
Text: Fritz Baltruweit + Nora Steen, Musik: Fritz Baltruweit

10) **Gottes Engel weichen nie** (S. 16)
Text: Arie aus der Bach-Kantate 149, Musik: Fritz Baltruweit
Einrichtung für Klavier und kleines Orchester: Sebastian Frank

11) **Water Spirit** (Harfenmusik)
Musik: Kim Robertson

12) **Jeder Mensch braucht einen Engel** (S. 32)
   Text: Fritz Baltruweit + Nora Steen, Musik: Fritz Baltruweit

13) **Du bist ein Engel** (S. 37)
   Text + Musik: Fritz Baltruweit

14) **Breit aus die Flügel beide**
   Text: Paul Gerhardt 1647, Melodie: Tirol um 1440, Heinrich Isaac
   »Innsbruck, ich muss dich lassen« (um 1495)

15) **Engelsegen** (Instrumental) (S. 43)
   Text: Bettina Naumann + Nora Steen, Musik: Lothar Krist

Die Texte, die auf der CD zu finden sind, sind im Buch mit dem CD-Symbol gekennzeichnet.

DIE CD ENTSTAND DURCH DIE MITWIRKUNG VON

Fritz Baltruweit (Gesang, Gitarre) – Sebastian Brand (Bass) – Valentin Brand (Flügel, Keyboard) – Christiane Frank (Violine) – Sebastian Frank (Schlagzeug, Percussion, Keyboards, Violoncello, Bass) – Kirsten Hahn (Oboe) – Hanna Jursch (Gesang) Konstanze Kuß (Harfe) – Pia Lüdtke (Kinderstimme) – Christina Pfingsten (Chor-Gesang) – Alexander Rubin (Akkordeon) – Sonja Telgheder (Gesang) – Thomas Zander (Querflöten, Saxophon).

Aufnahme: Nightfly recording-Studio Hannover, Technik: Sebastian Frank – Arrangements/Vorproduktion: Sebastian Frank, Fritz Baltruweit – Konzeption: Fritz Baltruweit + Nora Steen © Liedrechte / Produktionsrechte: tvd-Verlag, Düsseldorf

Bibliografische Information der Deutschen Nationalbibliothek
Die Deutsche Nationalbibliothek verzeichnet diese Publikation in der Deutschen Nationalbibliografie;
detaillierte bibliografische Daten sind im Internet über http://dnb.d-nb.de abrufbar.

Quellenverzeichnis

TEXTE

Fritz Baltruweit / Nora Steen: Vorwort (5), Engelsgeflüster I (10f.), Engelsgeflüster II (14f.), Engelsgeflüster III (18f.), Engelsgeflüster IV (23f.), Engelsgeflüster V (28ff.), Engelsgeflüster VI (34f.), Die Tür zur Welt Gottes (40f.)
Bettina Naumann / Nora Steen: Segen (43)
Fritz Baltruweit / Nora Steen: Manchmal (21f.), Jeder Mensch braucht einen Engel (32f.) © tvd-Verlag Düsseldorf.
Fritz Baltruweit: Du Lichtblick (26), Du bist ein Engel (37ff.) © tvd-Verlag, Düsseldorf.
Nora Steen, Für dich (7ff.) © tvd-Verlag, Düsseldorf.
Rolf Krenzer: Hände wie deine (14). Aus: Gott, du meinst es gut mit mir. Rolf Krenzers schönste Gebete für Kinder, Hg. von Rolf Krenzer. S. 78. © Verlag Herder, Freiburg 1995.
Martin Buber: Vorübergegangen (15) © Gütersloher Verlagshaus, Gütersloh, in der Verlagsgruppe Random House GmbH, München.
Picander: Gottes Engel weichen nie (1728)(16)
Martin Luther (1483-1546): Einen Engel senden (27)

BILDER

Die Rechte aller Bilder liegen bei Nora Steen.

1. Auflage
Copyright © 2010 by Gütersloher Verlagshaus, Gütersloh,
in der Verlagsgruppe Random House GmbH, München

Dieses Werk einschließlich aller seiner Teile ist urheberrechtlich geschützt. Jede Verwertung außerhalb der engen Grenzen des Urheberrechtsgesetzes ist ohne Zustimmung des Verlages unzulässig und strafbar. Das gilt insbesondere für Vervielfältigungen, Übersetzungen, Mikroverfilmungen und die Einspeicherung und Verarbeitung in elektronischen Systemen.

Umschlagmotiv: Nora Steen, © Nora Steen

Druck und Einband: Tešínská tiskárna, a.s., Cesky Tešín
Printed in Czech Republic
ISBN 978-3-579-07017-9

www.gtvh.de